NÃO HÁ TEMPO

LETÍCIA CORRÊA

Não Há Tempo

Letícia Corrêa

ISBN: 9798694213509

Norte Comics©

Livro

Não Há Tempo

ISBN: **9798694213509**

Autora

Letícia Corrêa

Editoração, Diagramação e Revisão

Osvaldo Lucas Figueiredo

Editora

Norte Comics©

Diretoria Executiva

Osvaldo Lucas Figueiredo, Rodrigo José Oliveira Viana, R.R. Oliveira Neto e Eduardo F.O. Viana

Endereço

Estrada da Luanda, 778, São Cristóvão, 68200-000, Alenquer – Pará, Sede da NA.COM Print Shop®.

CNPJ

29.668.731/0001-91

www.nortecomics.com

Versão: **KDP**

Prólogo

Olá, eu me chamo Mei, tenho 15 anos. Eu me considero muito estranha. Eu gosto de animes, livros, filmes e músicas, especialmente as românticas; para falar a verdade eu sou *otaku* de coração. Eu amo estudar, sou muito esforçada, mas não como uma *CDF*, eu estudo mas sem esse exagero. Ultimamente, eu estou um pouco sozinha, apenas escuto repetidamente *"So Sad, So Sad"*. Até agora não fiz nada divertido e com isso não me importo. Foda-se o mundo.

Oi, eu sou Taki, o gostosão!!! Ah cara é mentira, esquece o que eu disse antes... quer saber, foda-se, eu tenho 17 anos e já me ferrei no amor umas mil vezes, mas sabe, eu não ligo. Eu sou um *otaku* pistola pra caramba, não... É brincadeira eu sou *otaku* romântico e muito solitário, sempre me ferro e então eu me fecho pro mundo, mas, minhas músicas me ajudam muito. Estou sempre solitário e quase não vejo meus pais, pois estão sempre trabalhando entretanto sempre cuidaram bem de mim.

Capítulo 01

Terceiro bimestre, época de provas todos estão se preparando para na escola, principalmente na matéria de português, a qual já há uma redação muito importante sobre um livro do qual cada professor ira sortear para cada aluno em todas as classes.

Na turma 1°01 a professora Felícia é quem ministra esta aula, ela está cortando alguns papéis e anotando algo neles e já inicia com este aviso:
-Bom dia, como vocês sabem ira ter uma redação muito importante para todas as classes da escola na matéria de português. Já para adiantar, eu começarei o sorteio, será por ordem alfabética. Ana você é a primeira, pegue um papel e diga o nome do livro em voz alta...

Por que fazer uma redação para todos os alunos? Ah, espero ficar bem quanto isso.

Na outra turma, no caso o 3°03, turma de Taki, o professor Valério já havia iniciado os sorteios.
-Próximo é o Taki, vamos ver seu livro, qual será...

-Me ferrei, espero que não seja romance.

Ao olhar o papel com o nome do livro sorteado, Taki fica enfurecido com o que viu.

-Professor, eu posso trocar de livro? É que esse é romântico e eu não quero mais saber disso.

-Espero que você queira voltar a saber, porque vale sua nota em português, volte para o seu lugar e diga o nome do seu livro.

Voltando os holofotes para a minha classe, o 1°01, a professora então chama meu nome.
-Mei venha, você é a próxima.

-Ok!
Peguei o pedaço de papel e li, e ao mesmo tempo na classe de Taki foi falado:

-O jardim das palavras.

Ambos, eu e Taki tiramos o mesmo livro.

Os professores das turmas, liberaram a turma e nos mandaram ir atrás dos livros que estavam na biblioteca.

No dia seguinte eu estava na biblioteca atrás do livro para a redação, quando...

-Finalmente achei

Olho para a prateleira onde está o livro, qual não está muito distante, mas outra pessoa também estava atrás desse livro, pois escutei na mesma hora.

-Caramba demorei um tempão para encontrar esse tal de "Jardim das Palavras".

Ambos corremos e acabamos nos batendo por acidente, na tentativa de pegar o livro. Ele então diz

-Olha por onde anda não?!

-Ai, porra, eu tô com um galo na testa agora, eu só estava querendo pegar meu livro, o jardim das palavras.

-Ué eu também vou precisar dele pra redação, pensei que não houvesse livros iguais para os alunos.

-Pensei isso também, podemos usar o livro juntos pra mim não tem problema, eu só quero passar de série.

-Ah... Eu acho que eu vou ter que aceitar a proposta. Então qual o seu nome?

-Mei

-O meu é Taki desculpa por ter falado mal com você

-Ok, quando eu fico mal eu também fico assim.

-Ok.

Nós pegamos o livro e fomos para uma mesa vazia perto da janela. Lá Taki sugere.

-Então você quer que eu comece a ler?

-Começa, eu vou ler o próximo parágrafo.

Taki começa a ler e fazer a sua redação e eu o escutava e fazia minha redação também.

Passado algumas horas toca o sinal e os alunos devem ir pra casa. Eu tomei a palavra e disse.

-Ah, merda amanhã já é sábado e agora?

-Calma é só um de nós levar o livro e se encontrar em algum lugar ou ir pra casa de um de nós.

-Bom, tá bom eu levo.

-Onde é tua casa?

-Você tem celular?

-Tenho sim, vou pegar

-Ele vira e abre sua bolsa e pega o celular

-Qual o número?

-(11) 9xxxx-xxxx.

-Amanhã umas 8 horas eu te ligo pra pedir o endereço.

-Ok, vou esperar sua ligação.

Após o encerramento as aulas. Chego da escola e corro para o quarto e lá fico deitada na cama tentando descansar um pouco.

Enquanto isso, Taki chega em casa tira os sapatos e fica olhando para ver se seus pais estão em casa, mas, ao que parece, ainda estão trabalhando, então ele toma um bom banho e vai para a cozinha almoçar, ele lembra de mim e pega o celular.

Meu telefone toca e rapidamente atendo.

-Olá, quem está me ligando?

-Sou eu, o Taki.

-Você não ia ligar só amanhã?

-Sim, o problema é que eu tava aqui e pensei em ligar logo, eu não estou fazendo nada mesmo.

-Tá, você tem caneta por perto?

-Tenho, pode ir passando o cndereço.

Passo o endereço e Taki escreve ao ouvi-lo.

-Era só isso?

-Sim, mas será que podemos conversar? É que seria meio estranho eu ir na sua casa sem você saber ao menos que tipo de pessoa está indo a sua casa, sabe!?

-Ah, tá bom, mas, você vai perder seu tempo eu sou muito chata.

digo isso enquanto faço uma leve risada.

-Bom, não tão chata quanto eu, mano sabe eu sou muito chato mesmo, eu sou tão chato que meus relacionamentos não duraram nem 1 mês direito entende?

Rimos e Taki começa a falar um pouco mais dele.

-Sabe eu sempre quis amar alguém e ser amado de volta, mas, eu sempre me ferro e muito, acho que as garotas preferem garotos só pra "ficar".

-Você está completamente errado, talvez algumas garotas tenham sofrido com algum cara que tenha se mostrado romântico, atencioso, lindo, engraçado e etc... E agora apenas querem aproveitar a vida, sem compromissos.

-Como você sabe disso? Você também é assim?

-Não.

Ri momentaneamente.

-Eu apenas vejo tudo, eu vejo cada detalhe. Geralmente garotas sofrem e enquanto elas sofrem, fazem os outros sofrerem, mesmo não tendo culpa, a dor delas é muito grande.

-Muito inteligente você né.

-Só sei o que está nos livros e o quê eu vejo, ah, eu sou Otaku e você gosta de animes?

-Amo, principalmente Dragon Ball, luta é o tipo de anime que eu mais gosto e você qual tipo você mais gosta?

-Olha, eu não gosto muito de amor e eu nunca fui muito dessa onda, mas eu amo romances, lá tudo parece perfeito.

-Infelizmente é só lá mesmo, na vida real a gente só se ferra.

Começo a rir do nada, Taki sem entender também começa a rir.

-Do que você está rindo?

-Parecemos dois bêbados sofredores, somos gados.

-Você tem toda razão

Continuamos conversando, até eu olhar para o relógio e ver que já é quase 18 horas e ainda falta fazer muita coisa.

-Taki, a conversa está muito boa realmente, mas, eu ainda tenho que fazer umas coisas aqui em casa e eu ainda nem almocei.

-Ai, me desculpa, tchau nos vemos amanhã.

-Tchau.

Taki desliga e começa a olhar pro lado e sorrir.

-Merda, Eu não posso gostar dessa menina ela só vai me ferrar.

No sábado na casa de Taki, o dia parece bastante tranquilo, ele acordou muito cedo quase 5:20, Ele estava ansioso para ir a casa de Mei, se levantou e foi para o banheiro e acabou vendo seus pais, os mesmos estavam dormindo no quarto.

Nos fins de semana os pais de Taki sempre estão em casa, mas, tiram esse dia para descansar e dizem para Taki não incomodá-los.

Taki ficou feliz em ver seus pais, nem que fosse pela abertura da porta, já que fazia um tempo que não os via.

Taki agora está indo tomar um banho.

Quando saiu do banho decidiu fazer um café da manhã para seus pais, panquecas com bacon e ovos, suco de laranja, que é sua especialidade ou tudo o que ele sabe fazer.

Eu acordei umas 7 horas, estava pensando em Taki, pensando porque ele tinha ligado pra mim, não entendia porque ninguém para
quem tinha dado o meu número tinha usado-o.

Daí, tomei um banho e tomei meu café da manhã enquanto minha mãe e meu irmão estão se arrumando para ir pra igreja.

-Mãe a senhora viu onde tá o açúcar?

-Não filha, você tem certeza de que não vai pra igreja?

-Olha que cada dia você está mais perto do inferno

Diz meu irmão rindo.

-Não, eu não vou, eu ainda tenho uma redação para hoje e uma pessoa vem aqui pra fazer a redação também.

-Que não seja um garoto

-Deixa sua irmã, vamos.

O irmão de Mei sai fazendo um sinal obsceno.

-Que irmão idiota eu tenho.

Então tomo meu café e olho a hora e vejo que são quase 8 horas.

-Que horas será que ele vem? A gente conversou tanto que esqueceu de marcar o horário.

Então depois de alguns minutos mais ou menos às 8:17, escuto alguém batendo na porta.

-Deve ser ele

Então abro a porta e vejo este garoto, Taki.

-Oi!!! Mei, já que não tinha um horário decidi vir no horário em que eu ia ligar pra você.

-É então, entra

-Ok, a sua casa é bonita.

-É a casa da minha mãe e sim é linda.

-Eu sei que é a casa da sua mãe, mas ficaria estranho eu falar "poxa a casa da sua mãe é linda" Bem que agora não pareceu estranho.

Dou uma leve risada, com as mãos cobrindo a boca.

-Ai, ai, garoto então vamos pro meu quarto, a gente tem que fazer essa redação logo, já é pra segunda.

-Ah, eu não entendo por quê a gente tem que fazer tão rápido uma redação, os professores nem lê de verdade, eles só olham os erros, não o conteúdo e o tempo levado.

-Cara que merda né, sabe eu penso da mesma forma, às vezes a gente se esforçar pra alguma coisa e a pessoa apenas olha e indica os erros, *affz* isso me dá náuseas.

-É. Ei você tem músicas?

-Ah eu tenho sim, mas a gente não vai estudar?

-Vamos, mas, bora escutar música primeiro.

-Ah, você tem razão.

Então, coloco uma de minhas músicas favoritas.

-Meu Deus que tipo de música é essa?!

-Parece um pouco forte mas é romântica, você deve achar estranho uma garota que odeia o amor, gostar de coisas românticas, mas como eu já disse eu sou estranha.

-Você não é estranha, estranho é o mundo, ninguém conhece ele completamente, para mim isso é estranho

-Você tem toda razão, mas, e aí que tipo de música você tem?

-Digamos que eu seja tão estranho quanto você minha cara.

Taki pega seu celular e um fone, coloca uma música e dá um lado do fone para mim.

-Essa música é bem legal, qual o nome?

-Verdades Sobre Nós - Garganta e essa sua aí?

-Gato na noite- Rafael Meneghini.

-Eu vou te passar a minha música pra você pelo Whatsapp e você passa a sua pra mim.

-Tá bom, você realmente é uma das poucas pessoas que gostam das minhas músicas.

-Você também, sabe eu não tô com vontade de fazer essa redação, mas, vou ter que fazer infelizmente, então se você quiser depois da gente terminar a redação, podemos sair um pouco.

Gracejo em resposta a ele, em seguida digo.

-Tá bom, vou aceitar, pode ser que você pare de falar comigo amanhã, então pelo menos pagar um lanche pra mim você vai ter feito.

Rimos juntos, mas, logo há um silêncio no ar e um sopro que faz nós dois nos arrepiarmos, porém, o silêncio é quebrado por Taki.

-Você ou eu começa hoje?

-Eu começo faltam só 6 páginas, eu leio tudo, ok?

-Tá bom.

Então, começo a ler e Taki a fazer anotações, de repente ele me olha e volta a escrever, mas, continuamente volta a me olhar e depois de um número excessivo, ele fica apenas olhando e vendo como eu leio, como a minha doce voz ecoa em sua mente, então noto que ele
está me olhando fixamente e rapidamente ele
vira disfarçando o olhar.

-Acabou, eu realmente nem acredito que eu queria que a professora ficasse com o aluno.

-Bom, todos querem algo que sabem que é ruim, pronto terminei.

-Eu terminei também, mas, eu adiantei ontem uma boa parte.

-Você trapaceou, isso não vale.

-O mundo é dos espertos.

-Ok, ok, então, vamos andar um pouco?

-Eu pensei que você tinha esquecido.

-Por que eu esqueceria?

-Ah, sei lá, onde nós vamos?

-Podemos ir em uma lanchonete que eu conheço aqui perto, mas eu queria perguntar uma coisa.

-Pergunta.

-Por que eu nunca te vi na escola?

De repente fico um pouco pensativa e dou um suspiro de dois a três segundos.

-Eu não sei por quê você perguntou, mas,, as pessoas têm mania de não me ver, eu sempre via você, a sua ex-namorada estava com meu colega de classe, algumas vezes me dava vontade de ir falar pra você, mas, não era problema meu, e talvez você não acreditasse mas, eu sempre estive lá, você que nunca viu.

-Ah, poxa então você conhece aquela piranha, então você é a única que sabe a verdade além de mim.

-Eu pensei que todos soubessem que ela estava traindo você.

-Todos pensam que fui eu que trai ela, eu sou o idiota.

Taki chora, e eu pego um lenço e dou a ele, então abraço ele, para tentar reconfortá-lo.

-Olha deixem que pensem o que quiserem de você, você não fez nada e além do mais, foi ela que perde, todos nós temos algo muito bom e se ela não te quis, ela perdeu algo bom que você tem.

-É ela perdeu as comidas que eu faço.

Taki sorri para mim como fosse um tipo de "obrigado".

-Vamos, eu não quero ficar nessa de choro de corno não.

Então saímos e fomos para a lanchonete que parece não ser tão perto da casa da minha casa.

-Você disse que era perto.

-Acho que era só pra mim mesmo, tô cansadão agora.

Entramos na lanchonete e fomos para a mesa perto do balcão do lado esquerdo.

-Garçonete!

-Olá, Taki vejo que hoje trouxe uma pessoa, esqueceu de mim né?

-Eu não sei do que você está falando.

-Se vocês tiverem algum tipo de relacionamento tudo o que eu tenho a dizer é que eu vim aqui, mas, não foi por um possível encontro, foi apenas pra sair um pouco, eu acabei de conhecer esse garoto.

Taki me olha de um modo meio ofendido.

-Poxa, Mei a garçonete é Maria uma das minhas ex-namoradas.

-Isso mesmo.

-Ufa, pensei que eu poderia pegar uma surra.

Todos nós rimos e Maria tomou a voz.

-Mesmo que Taki namorasse comigo agora, eu não te daria uma surra, eu te mataria.

-Muito reconfortante.

-O que vocês vão pedir?

-O de sempre, versão dupla pra mim e pra Mei.

Então Maria sai e vai buscar o pedido.

-Desculpa perguntar, mas, o que é que você sempre pede?

-Um sanduíche especial da casa com milkshake.

-Parece muito bom.

Então o pedido
chega, a aparência é agradável e o gosto é muito
bom. Nós dois ficamos falando um pouco mais sobre
as redações e logo fomos embora.

Na volta pra casa. Quando Taki chega em casa
começa a pensar em Mei, porém, diz a si mesmo que
não pode pensar em Mei.

Já eu, começo a me deixar iludir um pouco
com Taki, mas, sei que não vai longe, que aquilo
acabará logo e tudo o que ela pode fazer é guardar a
lembrança dele e uma de suas músicas.

Na casa de Taki, tudo está parecendo normal,
até seus pais aparecem sorrindo.

-Boa tarde filhão, feliz aniversário, fizemos a
sua comida favorita.

-Obrigado pai e mãe, mas vocês nunca
festejaram meu aniversário, por que isso agora?

Sua mão toma a palavra, com uma expressão
feliz.

-É que nós conseguimos um aumento de
Salário muito bom, e agora vamos passar mais
tempo em casa.

Taki fica muito feliz e continua falando com
seus pais sem acreditar. Agora ele poderá vê-

los todos os dias, agora vai poder compartilhar mais de tudo o que acontece com ele.

Em minha casa, meu irmão e minha mãe estão falando sobre como foi o culto e perdi muita coisa.

-Filha você perdeu muita coisa, hoje teve até uma festa na igreja, o pastor fez uma pregação muito boa.

-É verdade maninha e tinha até umas meninas lindas por lá.

Então depois de ter dito isso a mãe dá um tapa no meu irmão.

-Vai para igreja só pra olhar pra garotas, é?

Então começa uma conversa da mamãe e o meu irmão que não tem nada a ver com a minha história.

Enquanto isso no meu quarto, começo a pensar em Taki, em como poder falar com ele e acabo lembrando de enviar a música, então eu envio, mas, ele não está online.

Capítulo 02

Já é domingo, acordo em seguida, faço todos os afazeres em uma velocidade muito rápida, então meu irmão começa a achar estranho

-Mei, e quem era a pessoa que veio aqui ontem?

Fico um pouco séria e falo.

-Foi um garoto mas, ele só veio aqui pra fazer a redação e foi embora, nada de importante.

-Mei... Eu sei que tem algo errado, você gosta dele? Ou ele te fez algo?

-Não... Nada... Nenhum.

Suspiro nervosa.

-Eu acabei de conhecê-lo por que eu estaria gostando dele? Eu estou muito brava, não conta isso pra ninguém.

Então meu irmão me abraça e começa a falar.

-Mei isso é normal, você está apaixonada a primeira vista, eu sempre fico assim, mas, eu sou tão garanhão que as garotas só me usam, mas você Mei tem que cuidar desse coração, o amor dói, eu não vou contar isso pra mamãe, porque você sempre guarda os meus segredos.

Ele sorri atenciosamente e sai. Eu continuo pensando e decido parar com isso.

Enquanto isso na casa de Taki, os pais de Taki estão chamando-o.

-Filho acorda, tá na hora.

-Pai, eu já tô indo.

Então Taki levanta, vai ao banheiro tomar banho, desce e vai direto a cozinha.

-Filho, vem tomar café.

-Ok, mãe.

Ele toma café e vai para a escola, chegando lá olha pra ver onde está Mei, e lá está a garota de cabelos castanhos escuros com a cara de cansada, mas, sorrindo e falando com alguém. Taki decide e vai até ela.

-Oi Mei.

Mei lembra do que ela decidiu e daquilo qual o seu irmão falou e responde de forma áspera.

-Oi

-É... Tudo bem? Você chegou que horas aqui? Que horas você sai?

-Tô bem, eu tenho que ir, com licença.

Taki sentiu que eu estava estranha, então também foi pra sua sala. Taki passou a aula inteira pensando por que eu respondi mal para ele.

Eu pensei em Taki em cada segundo da aula e ficou refletindo se eu deveria ter sido tão idiota com Taki, como fui mais cedo.

Toca o sinal todos saem, Taki fica sentado na frente na escola, me esperando passar por ele.

-Mei, Eu posso falar com você?

-Ah, me desculpa por ter respondido daquele jeito pra você é que eu tive um dia ruim ontem e acabei... Sei lá, fazendo isso.

Taki fica surpreso.

-Então foi isso?

-Hum... Sim, você pensou que fosse o que?

-Nada não.

-Ok.

Vários dias se passam e nós dois acabamos virando bons amigos. Amigos inseparáveis, um indo na casa do outro, comprando pulseiras de amizade e tudo mais

-Você viu aquela garota?

-Vi sim, cara será que ela é mesmo namorada daquele menino?

-Eu não sei mas, aquela queda que ele deu nela foi muito boa.

Rimos juntos da cena.

Somos melhores amigos e dividimos tudo, até os sentimentos, mas, não os que equivalem de um pelo outro.

Taki conheceu uma garota chamada Adrianny, de cara se apaixonou por ela, ela tem uma beleza extraordinária, Taki com seu instinto masculino decide chamar a linda garota para sair com ele. Eles saíram e passado algum tempo, ele pediu a garota em namoro. Eu não gostei nadinha disso, mas, guardei isso pra mim e preferi fingir ser a boa amiga e decidi não falar nada, apenas aceitar o fato do meu amor ter ido pro brejo. Taki parecia muito feliz com a garota, e falava tudo o que acontecia com ele para mim.

-Ah, Mei

Suspirando estava eu, enquanto ele falava.

-Ontem eu e a Adrianny tivemos uma noite maravilhosa, cara ela é muito demais na cama cara, ela é maravilhosa.

Finjo estar alegre, mas, estava com uma enorme vontade de mandar ele se foder.

Adrianny

Oiiiiiiii!!!!!! Sou a Adrianny, morei em quase todos os lugares do mundo, tenho 19 anos de idade, repeti umas 2 vezes no ensino médio, eu não gosto de estudar, mas, eu conheci um garoto muito inteligente e ao mesmo tempo idiota, eu só preciso terminar esse ano pra ir para faculdade. O único problema é a amiga dele, ele parece gostar dela, então ele às vezes não é completamente obediente a mim, o que me faz ficar furiosa, mas eu tenho muitos truques pra ele me obedecer, eu só tenho que tirar a idiota de cena, e o Taki vai ser meu. Espero que isso tudo me ajude porque eu não quero repetir e ter que ficar com esse babaca, ainda bem que não é milionário.

Na casa de Taki seus pais conversam sobre a nova namorada dele.

-Olha no início eu gostei muito daquela garota, ela era bonita, simpática, comportada, muito fina, mas ela é muito chata, ela afasta meu filho de mim e eu não gosto disso, ela parece usar ele de alguma forma, e eu não sei pra quê, quando eu descobrir vou abrir os olhos dele...

No outro dia. Eu estava muito triste em relação ao namoro de Taki e decido contar pra ele e seja o que Deus quiser.

-Taki, você pode falar comigo?

-Calma, deixa só eu ir ali com a Adrianny.

-Taki eu te amo.

Eu gritei impulsivamente no calor do momento.

-Você tá bem?

-Eu tô, mas eu gosto muito de você e eu tinha que falar.

Adrianny toma parte nisso e fala com um tom debochado.

-Você gosta do meu namorado, sua nojinho?

-Eu gosto, mas, eu não vou te interromper com ele.

-Ainda bem, porque você mesma não consegue

Taki ao ouvir isso me defende de Adrianny.

-Não fala assim com a Mei

-Deixa pra lá, eu gosto de você, mas, você gosta da sua namorada e você está completamente certo.

Nessa hora, saí correndo e nisso chorei um pouco.

-Idiota essa menina né?

Adrianny tenta beija-lo, mas ele desvia.

-Ela é minha melhor amiga, ela te respeita, você devia fazer o mesmo.

-Ela só é sua amiga porque ela quer ficar com você, talvez porque você é o único cara que dê atenção pra ela, isso pra mim não é amizade.

-Você não conhece a Mei.

-Vamos fazer assim, eu vou pedir desculpas pra ela e você vai me desculpar, ok?

-Está bem.

No dia seguinte Adrianny veio até minha casa. Ouvi os sons de batidas na porta e fui atender, era Adrianny.

-Com licença

Ela entra com tudo, como se não tivesse modos.

-Muito educada você... O que veio fazer aqui?

-Vim pedir desculpas, sabe ontem eu esquentei muito e eu fiquei com ciúmes, eu gosto muito dele, você me desculpa?

-Tá bom.

Adrianny finge sorrir e me abraça como se fosse uma amiga

-Mei, eu só queria te pedir uma coisa.

-O que?

-Se afasta do Taki, ele fingiu te defender ontem e disse que você tinha caído direitinho na isca dele.

Nessa hora eu fiquei um pouco triste, mas não deixei transparecer tanto.

-Não é possível.

-Você não conhece o Taki como eu, ele dorme comigo toda noite, eu sei como ele é.

-Caramba, fica tranquila eu fico longe dele.

-Ok, amiga linda.

Adrianny fica totalmente feliz, enquanto eu choro, meu irmão desce pra ir na cozinha e me vê nesse estado logo após Adrianny sair.

-Meizinha, você sabe se ainda tem aqueles bolos que a mamãe fez?

Então ele olha com mais atenção.

-Mei, maninha, o que você tem?

-Eu me apaixonei, eu sabia que eu estava errada, mas eu só queria sentir, e descobri que o Taki só queria me usar, acho que ele queria ficar comigo, mas a namorada dele me contou tudo.

-Poxa maninha, sabia que ele era um idiota mesmo, calma essa dor não vai ser pra sempre, você tem uma vida inteira ainda, vai conhecer muita gente.

-Eu sei, mas eu queria pelo menos... Ah esquece.

Então meu irmão me deixa chorar enquanto me abraça.

Há semanas Taki não fala comigo, ele não sabe como vai falar e Adrianny está passando bastante tempo com ele. Ainda estou me recuperando, não consigo acreditar naquilo dito por Adrianny dias atrás, mas, prefiro ficar na minha, com isso somente para mim.

Enquanto isso na vida escolar, todos estão ansiosos pois já é o 4° bimestre e logo haverá as férias e o passar de ano. Quase todos estão indo bem, mas, Adrianny está com problemas nas matérias de Matemática e História.

Na escola Adrianny e o diretor estão a ter uma conversa sobre o futuro educacional da mesma.

-Se você não passar nessas duas matérias, você não vai passar e nós teremos que tirar você da nossa escola.

-Poxa, não tem como fazer um favorzinho pra mim não? É que já é meu último ano nessa escola, eu preciso passar.

-Os professores te deram muitas oportunidades e você não aproveitou, agora essas são as consequências.

Adrianny se vê bem enrolada, então ela decide usar mais ainda Taki pra conseguir um aumento em suas notas, porém, ela não suspeitava a mãe de Taki ter sacado tudo.

Neste momento temos a mãe de Taki e Adrianny reunidos na casa de Taki. Derrepente Adrianny é confrotada.

-Você gosta do meu filho mesmo ou apenas quer notas boas na escola?

-Eu não sei do que você está falando, eu amo seu filho, eu nunca faria isso com ele.

-Espero que seja verdade, porque se não for eu posso pedir um favorzinho para o chefe do meu marido e você nunca verá uma faculdade na sua vida.

Adrianny se vê encurralada, então ela precisará ficar mais tempo com Taki.

Enquanto isso, recebi um e-mail com uma proposta de uma universidade em outro estado pelas minhas notas. No e-mail estava escrito:

"Cara Mei Atsume Nara, estamos aqui por meio dessa carta informando que nossa Escola Faculdade Henry Miller, está lhe proporcionando uma bolsa de estudo para o seu ensino médio e 2 faculdades que você queira fazer..."

Eu aceitei a proposta sem pensar duas vezes, contei para meu irmão e minha mãe, no fim do ano terei de viajar para apresentar a carta de intenção para Henry Miller e confirmar a inscrição. Fiquei um pouco triste, pois, não vou mais ver Taki, respirei fundo e continuei com a ideia de ir.

Taki estava tentando encontrar tempo para falar comigo, mas, Adrianny está sempre com ele e o mesmo já não sabe o que fazer.

Fim do ano chegou, Adrianny conseguiu passar e agora está se preparando para a festa dos finalistas. Taki também está muito feliz, ele começa a pensar em mim e que seria ótimo se ele me visse agora antes da festa, mas, Adrianny aparece.

-Você já está pronto?

-Sai, eu nem me vesti ainda, você tá invadindo minha privacidade.

-Calma, eu só vou te ajudar com a sua roupa, você vai ficar lindo com ela.

-O que eu espero.

Taki fica bravo, mas foi ele quem escolheu ela.

Eu estava em casa, eu estava pensando em ir na escola para ver Taki uma última vez. Então meu irmão aparece.

-Maninha, eu vou acompanhar uma garota na festa da sua escola, você acha que ela vai gostar de como eu estou vestido?

-Sim, ela vai gostar. Você é muito bonito, é... Você tá gostando dela né?

Ele respira.

-Sim, eu acho que ela também.

Dou um leve sorriso.

-Desejo sorte maninho.

Então ele sai.

Continuo pensando na possibilidade de ver Taki.

Mais tarde mais ou menos no meio da festa, aparece a frente dos olhos de Taki uma garota, esta era eu. Taki está conversando com Adrianny, então, não presta muita atenção. Penso em ir até lá, mas, eu volta pra trás.

Taki olha pra porta e me vê rapidamente, pensa em ir lá, mas, Adrianny o segura.

-Onde você vai?

-Acho que vi a Mei.

-Acho que foi o efeito da bebida, ela nem terminou de estudar, não tem porquê ela estar aqui.

Taki como sempre acredita em Adrianny...

...Mas ainda fica um pouco pensativo...

Capítulo 03

Taki foi pra casa, pegou o celular e me ligou, mas, não atendi, então ele decide enviar uma mensagem. Eu estou no avião indo para o outro estado, abri minha bolsa e notei a ausência do celular, provavelmente esqueci em casa.

No dia seguinte meu irmão vai ao meu antigo quarto para ver se encontra algo para dar para a garota do baile, a mesma agora é sua namorada, então vê várias ligações e mensagens.

Ele liga de volta.

-Mei, caramba você nunca mais falou comigo, eu fiquei preocupado.

-Finalmente estou falando com você, então você é Taki, o amigo da Mei.

-Quem é você?

-Sou o irmão da Mei, ela não mora mais aqui, e nem usa mais esse número, ela trocou, ainda bem que ela viajou, tipos de garoto que nem você não merecem minha irmãzinha.

Então meu irmão naquele momento, com um certo rancor de Taki, desliga o telefone e quebra o chip do celular.

Estou indo para Henry Miller confirmar minha inscrição. Ao chegar lá, sou muito bem atendida.

Taki está triste porque não entende o que aconteceu para o meu irmão atender daquela forma e principalmente, ele pensava ansiosamente "Para onde Mei foi?".

Taki agora está procurando uma faculdade para se inscrever, vê a faculdade Henry Miller com 4,9 estrelas, então ele se inscreve

Adrianny ainda está pensando no que ela vai fazer, já que ela não quer continuar com Taki e também a mesma já tem outro.

Eu estou super feliz, a faculdade é linda e atualmente já tenho até algins amigos...

-Eu sou Nick.

-Eu sou William.

-Ah, sou Raquel... Você é quem mesmo?

-Sou Mei, vou terminar o ensino médio e fazer a faculdade aqui.

-Ah, eu também, nós estamos fazendo o 2°ano e você?

-Eu também estou no 2º ano.

Continuamos conversando por algumas horas.

Taki está na sala agora, ele escolheu fazer faculdade de medicina e agora percebeu a chatice desse curso.

-Merda, coisinha chata, nem sabia que existiam canais linfáticos, pra mim só tinha os canais sanguíneos e os nervos...

Adrianny também tentou se inscrever na Henry Miller, mas, as notas dela não conseguiram fazê-la entrar. Adrianny então entrou em outra faculdade particular junto com seu amante Caio.

Já faz algumas semanas que cheguei na Henry Miller, quero muito ver a biblioteca e lembrar um pouco dos momentos sozinha e do dia em que conheci Taki. Chego na biblioteca ando e procuro a ala de livros românticos, e para a minha surpresa vejo Taki da forma mais linda e resplandecente. Encaro ele por um tempo até o mesmo olhar pro lado e me vê. Ele fica muito feliz.

-Mei, você aqui? Meu Deus o que aconteceu? Por que nunca mais falou comigo? Eu senti tanto sua falta, você é minha melhor amiga...

-Pois é... Melhor amiga... Que coisa mais legal e irritante, ah é... A sua namorada me contou tudo e eu não posso ficar perto de você.

Eu volto pra trás.

-O que quer que ela tenha falado é mentira.

Ele vai atrás de Mei e a segura.

-O que ela falou?

-Você vai dizer que é mentira... Mas, se for verdade?

-Você me conhece, você acha mesmo que eu mentiria pra você?

-Não sei, às vezes a gente erra.

-Isso mesmo, você tá errando em acreditar nela.

-Desculpa, mas ela é sua namorada, e eu não quero arranjar problema.

Taki fica me olhando, em seguida me beija, continuo, mas, logo paro.

-Você tá doido? Ou o quê? Você esqueceu da sua namorada?

-Você disse que não queria problemas com a Adrianny mas, você tem desde o dia em que você falou que gostava de mim e agora eu também tenho um problema com ela, porque eu te beijei e gosto de você.

-Como eu sei que você não está mentindo?

-Mas, tu és teimosa, meu Deus, eu tô aqui me declarando e tal e você ainda acha que eu tô mentindo, meu Deus será que eu vou ter que te levar?

-Tá, mas eu tô um pouco confusa, porque meu coração diz pra confiar e minha mente diz não.

-Confia no coração, se ele estiver errado, um dia a ferida cura, mas se você confiar na sua mente e ela estiver errada você vai ficar ferida e nunca vai curar.

-Muito encorajador.

-É... Eu tô tentando, não sou nenhum garanhão italiano.

-Mas, e a Adrianny?

-Eu sei que ela me trai com um tal de Caio e aliás ela nunca gostou de mim, ela só queria passar de série sabe... Minha mãe me contou sobre o plano da Adrianny e aí eu já tinha descoberto sobre o Caio, só continuei com ela pra ter provas de que ela me traiu, pra não falarem que eu não presto.

-Por isso você falou que ela estava mentindo e agiu assim ainda agora?

-Sim, eu descobri que ela tava mentindo pra você e pra mim no dia da festa, ela disse que você não estava lá e depois eu fui falar com meus amigos e eles perguntaram se você falou comigo.

-E eu acreditando nela, ah eu sou tão idiota... Desculpa por não ter falado com você antes, eu fiquei muito ferida.

-Não tem problema, enquanto vivermos não há tempo certo pra nada, mas temos que falar tudo o que sentimos o mais rápido possível porque, a vida é muito curta.

-Sabe, eu pensei que eu estava ficando maluca quando eu comecei a gostar de você tipo, quem gosta de alguém tão rápido?

-Eu não cheguei a pensar isso, eu só fiquei pensando que talvez fosse errado, talvez eu quebrasse meu coração de novo, mas quando nós começamos a ser amigos e tivemos aquelas conversas, as compras e toda aquela interação de um com o outro eu fiquei me sentindo tão bem, meu coração já estava sarado, parecia que ele nunca tinha quebrado, eu fiquei muito feliz, mas eu preferi deixar tudo na amizade, porque talvez tudo fosse só amizade mesmo, eu fui muito imprudente, eu fiquei logo de cara com a Adrianny, e ela me seduziu com encantos sexuais, e eu segui meu instinto, desculpa Meizinha.

-Sabe, você é idiota mesmo

Solto um sorriso logo após.

-"Encantos sexuais" desculpa, eu não deveria rir mas, foi meio engraçado, me perdoa eu tô completamente fora do roteiro.

-É mas eu tenho razão, você não entende, você não é garoto Mei.

-É mas, como você...

Paro de falar e em seguida Taki fala.

-Eu o que?

-Deixa pra lá, é então vou ir pra minha sala.

-Eu queria saber o que você ia falar,e aliás já terminou o horário de aula, então já que eu fui besta de cair na da Adrianny, você quer namorar comigo? Aliás só comigo?

-Você devia falar com a Adrianny primeiro.

-Que eu saiba ela não falou comigo quando começou a sair com o Caio...

-Você e essas suas artes manhas.

Novamente eu rio.

-Eu tenho um pouco de medo, meu irmão já gostou de muitas garotas e se deu mal, ele tem uma reputação igual à sua, e ele disse pra mim ter cuidado, eu fico pensando nisso...

Respiro e dou um sorriso.

-Eu vou arriscar, eu não ligo, talvez você seja meu amor, talvez o amor da minha vida, eu não quero te perder por medo.

-É a primeira vez que alguém me chama de "Amor da minha vida" dessa forma, fiquei até sem graça.

-Agora eu me sinto uma idiota.

Nós rimos e começamos a nos olhar fixamente.

-Então acho que isso foi um sim, então você quer conhecer meus pais nas férias?

-Caramba é mesmo, acabei de lembrar da minha mãe, você vai ter que se comportar, ela não vai te aceitar se você tiver o jeito de garanhão italiano.

-Não acho que eu seja garanhão italiano.

-De qualquer forma você tem que se comportar.

-Ok, vamos que a escola vai fechar e eu não quero ficar aqui.

Nós fomos, chegando na frente da Henry Miller, vimos Adrianny e Caio se beijando.

Adrianny se despede de Caio e vai em direção a frente da Henry Miller, e fica desconcertada quando me vê junto a Taki.

-Amor, o que a Mei tá fazendo aqui?

-Eu estudo aqui.

-Ah, sim é... Vamos, meu amor.

-Para de ser falsa eu te vi beijando o Caio, eu não quero continuar com você, você foi o maior erro da minha vida.

-Tá me dispensando?

Taki segura a minha mão, rapidamente fico com as bochechas vermelhas.

-Estou sim, aliás a minha mãe não vai falar com ninguém sobre a sua faculdade.

Adrianny ficou feliz, mas com raiva, pois nunca foi dispensada.
Então saímos andando e Taki me levou até minha casa.

FIM

Escrito por Letícia Corrêa

Versão: KDP

ISBN: 9798694213509

Selo editorial: Independently published

Norte Comics©